Caminos de Fuego

Dos Historias del Amor en México

El Despertar del Sueño Dorado

Fuego de Noche

Daniel Wetta

Copyright 2018

Daniel Wetta Publishing

La traducción del inglés por Emilio Bernal-Zubieta

Monterrey, México

Otros libros e historias por Daniel Wetta en inglés:

The Z Redemption
Corvette Nightfire
Sport's Alien Fantasy
Awakening from the Golden Sleep
Nightfire!

Visiten el website del autor:
www.danielwetta.com

El Despertar del Sueño Dorado
La infancia de Ana Valdez

Mazatlán, México
1983 a 1986

Ana Sophía Valdez nació en 1971 en Mazatlán, México. En español, el verbo que describe nacer está en el tiempo activo. Es algo que una persona hace, no algo que le pasa a una persona. La manera hermosa de decir que una madre tiene un hijo en español es que su madre, Lili, dio a Ana a luz. Las madres hacen eso en México. Dan a luz.

Ana era la más pequeña de seis hermanas. Cuando ella nació, su madre tenía 27 años y su padre 49 años. Su nombre era Javier, y se había casado con Lili cuando ella tenía diecisiete y él tenía 39. Ella trabajaba en las grandes y exitosas tiendas de electrodomésticos que habían sido iniciadas por Javier como concesionarias de herramientas 20 años antes. Había tenido la previsión de comprar un edificio por casi nada en el centro cerca de la playa antes del periodo de crecimiento de los 50s. Como todos los hombres mexicanos de ese tiempo, Javier venía de una familia pobre, y como no había un sistema de bienestar como el de Europa o Estados Unidos, solo tenía una manera de sobrevivir: trabajar. Entonces, Javier abandonó la escuela después de tercero de primaria para apoyar a su familia. Inteligente e inmensamente curioso con un sentido natural para los negocios (cobra más de lo que pagas; vender en consignación en lugar de financiar el inventario), Javier empezó a vender utensilios de cocina y herramientas en sus años de adolescente. Buscó amistades con comerciantes más establecidos. Ellos vieron que con el saludo de mano de Javier podían contar con él en entregar lo que prometió. Entonces, para cuando Javier tenía 30, ya contaba con su tienda de electrodomésticos en el centro de Mazatlán.

Compensaba su falta de estudio educándose a sí mismo. Leía vorazmente en las pocas horas que no trabajaba durante el día. Le gustaba leer la literatura clásica y la geografía. Estudiaba libros de negocios usados por sus amigos que fueron a la universidad. También se dio cuenta de la necesidad de hacer ejercicio. Fuerte y bien formado, empezó una rutina diaria de nadar una hora en el mar antes de irse a trabajar.

Su madre dio a luz a Ana en Mazatlán, "la Perla del Pacifico," justo después de su apogeo en los 50s y 60s, cuando actores de películas y celebridades de Estados Unidos y Europa acudieron a sus hermosas playas. En alta mar, los pescadores deportivos como John Wayne, Gary Cooper, y John Huston descubrieron el atún cerca de sus aguas. El clima ideal que duraba todo el año atrajo a jubilados de EUA y Canadá en grupos. Compraron casas cerca del centro con sus vecindarios históricos de casas estilo español con árboles delineando la calle. Muchos se quedaban seis meses del año, empezando en octubre, entonces el turismo, servicio de comida, y la industria hospitalaria florecieron. Esto les dio una razón para aprender inglés a los mexicanos. Había disparidad económica entre los ciudadanos pobres de la ciudad y los visitantes ricos, pero los mexicanos eran agradecidos por las oportunidades de empleo, y los extranjeros cayeron bajo el carisma de esta gente agradable y servicial. En los 70s, cuando otros puertos turísticos como la Riviera Maya se hacía popular en el Golfo de México, el viejo Mazatlán empezó a declinar. Una nueva milla dorada de tiempos compartidos y mega resorts aparecieron en las playas al norte de la ciudad y prosperaron con rapidez.

Lili vino a trabajar a la tienda de Javier. Cuando Javier conoció a Lili, se enamoró de ella por el resto de su vida. Se casó con una joven hermosa con sentido común y reservada, una persona perfecta para manejar la gran familia que él quería tener una vez que se estableciera económicamente. En los primeros meses antes de que tuvieran hijos, él iba a su casa a comer y le hacía el amor a su esposa. Después de que tuvieron hijos, él venía a casa y comía con su familia, una tradición raramente incumplida. Adoraba a cada una de sus hijas, y no podía creer la fortuna de tener a seis de ellas. La última de ellas era Ana. Ella fue la primera hija en parecerse a él.

2

Ella heredó su amor por los clásicos, el arte y todas las cosas mexicanas. Ella también tenía algo que a Javier le encantaba: un apetito voraz por devorar la vida e intentar cosas que nunca había hecho antes.

Cuando Ana tenía cuatro años, su padre era suficientemente exitoso como para mover a su familia a una casa de dos pisos, con diecisiete habitaciones en el vecindario más rico de Mazatlán, el distrito histórico. La casa parecía un hotel español con altas ventanas estrechas desde el piso hasta el techo y un porche delantero tan grande como la casa. Los lados de la casa encerraban un jardín trasero. La característica central de la casa era la enorme cocina con las ventanas abiertas todo el año. La estufa en la cocina tenía ocho quemadores de gas y tenía un horno gigante. Una pesada mesa de roble que podía sentar a veinte personas estaba en el centro del cuarto. Esto era una necesidad en una casa con siete mujeres y la familia extendida de niños, vecinos, amigos, y tíos y tías adoptados. Todos los días, las mujeres tomaban turnos en la cocina, Ana recordaba esto como ver un lapso de tiempo acelerado de mujeres pasar por la cocina. Ellas se sentaban y platicaban mientras preparaban mole, ceviche, pescado frito o barbacoa; hablaban una sobre la otra; interfiriendo con el cocinar de Lili; planeando las fiestas de la semana y discutiendo sobre las que habían asistido. En los primeros años, Ana era la niña pequeña bajo los pies de todos, siempre con sus muñecas. Sus dos hermanas más grandes ya eran adolescentes y tenían su lugar en la mesa, pero, en unos pocos años, Ana ya tenía su lugar en la mesa.

Una de las mujeres en la casa era Lucía, Lili la había contratado para ayudarla en el lavado y planchado de la ropa de la gran familia. El cuarto de lavado y planchado era un enorme cuarto de servicio fuera de la cocina con una puerta que daba hacía el jardín donde se colgaba la ropa para secarse. Lucía mantenía la puerta de la cocina abierta para poder escuchar la conmoción de conversaciones en la mesa y en la estufa; pero más importante, para poder contribuir con sus comentarios. Todos respetaban sus opiniones. Para reducir el estrés, Lucía fumaba. Anna quería saber el sabor de un cigarro, y desde que tenía seis le rogaba a Lucía que la dejara probar un cigarro. Finalmente, un día cuando Ana tenía nueve, Lucía decidió darle una lección a Ana. Le entregó a Ana un cigarro encendido. Por supuesto, Ana empezó a toser y con un toque de drama tiró el cigarrillo al piso mientras que su cuerpo se sacudía tosiendo. Para cuando Ana tenía doce, ella ya era una fumadora constante. Le enseñó a sus hermanas mayores como inhalar de manera propia para calmar sus nervios de adolescente.

Cuando Ana tenía ocho, le encantaba ir en el coche con su padre a la tienda de electrodomésticos. Nadaban en las tempranas horas del día y después se cambiaban en el baño para empleados. Mientras Javier trabajaba, Ana pasaba su mañana platicando con los empleados de la tienda y aventurándose a otras tiendas y restaurantes donde ella conocía a casi todos. Después, se juntaba con sus amigos de la escuela católica o de su vecindario. Ana conocía el lugar como la palma de su mano y sentía que era dueña de esa parte de la ciudad. Javier nunca la dejaba ir demasiado lejos, pero cada tarde de sábado Ana lograba convencerlo en dejarla ir a la playa con sus amigos.

Lo que más emocionaba a Ana eran los viajes en los carros de su papá. Javier tenía una pasión por los carros Chevrolet. Un lujo que él se permitía era tener un carro nuevo cada año. También tenía una Jeep y una camioneta Chevy muy vieja. Ana se moría de ganas de manejar. Era aún pequeña de estatura, pero miraba con atención cuando su padre hacía los cambios, pisaba el clutch, frenaba, y aceleraba. Cuando ella tenía ocho años, sus piernas no llegaban a los pedales, pero Ana estaba segura que si podía alcanzar los pedales, podría manejar sin problema. Le gustaba subirse al Jeep a escondidas e imaginarse haciendo los cambios. Se imaginaba la ruta para llegar a la tienda de su padre mientras veía por el parabrisas. Imaginaba que todas sus amigas se iban en la Jeep con ella e iban a la playa. Ellas la adoraban por llevárselas.

Un día cuando Ana tenía doce, justo después de haber empezado sexto grado, ella vio que sus piernas ya llegaban a los pedales de la camioneta. Era una mañana de sábado. Ana no fue con su papá a la ciudad. Esperó a que su madre se ocupara en la cocina con sus hermanas. Dos de sus hermanas estaban en la universidad en Monterrey, y ninguna de las otras tres hermanas sabía conducir. Su madre raramente manejaba. Entonces Ana decidió que era tiempo de que una de las mujeres Valdez aprendiera a manejar para poder hacer los mandados en la ciudad y no dejarle tantas cosas a su pobre padre. Iba a ser Ana la que haría los mandados. Ella lo quería sorprender con sus habilidades de adulto. Sabía que tenía las llaves del carro en la mesa a lado de su cama. Ana tomó las llaves de la Jeep. Aunque ya había encendido la camioneta anteriormente, sintió su corazón en la garganta sabiendo que finalmente manejaría un carro. ¡Finalmente sería libre gracias al milagro de los carros!

No podía esperar a pasar a lado de Carlos para impresionarlo. Carlos era un niño guapo de catorce años que había empezado a trabajar en el negocio de su padre a una cuadra de donde vivía Ana. El negocio estaba en la esquina de la calle que corría paralela a la playa y pasaba por enfrente de la tienda de Javier. Carlos era alto y *cool*. Fumaba cigarros. Llegaba al trabajo todos los días en su moto verde. Su padre, que tenía la misma edad que el papá de Ana, había sido un amigo de Javier toda la vida. En su negocio, en el que había trabajado él solo por años, vendía comida, fruta, flores, jugo de naranja, periódicos, y cigarros. Ahora Carlos le ayudaba después de la escuela, y los sábados trabajaba solo para que su padre pudiera descansar un día del trabajo. Que impresionado estaría Carlos al ver a Ana llamándolo desde la Jeep.

¡Zoom! La camioneta prendió sin problema. Mientras el carro estaba en neutral, Ana pisó el acelerador para escucharlo y asegurarse de que estaba bien sentada. Se preocupó un poco sobre su habilidad de sentir el cambio cuando soltara el clutch. Decidió que, si lograba meter el primer cambio, se lo llevaría en segunda hasta la tienda de su padre. Tal vez de regreso se atrevería a ir en cambios más rápidos.

Su primer intento en meter la primera velocidad falló y la Jeep se apagó. Volteó hacia su casa. Ella estaba estacionada afuera de ella, pero enfrente de la casa del vecino. No había carro estacionado enfrente de ella entonces vio que tenía un acceso fácil a la calle. Olvidó poner la camioneta en neutral, entonces cuando ella arrancó, se movió para enfrente. Se asustó y pisó el freno. Se apagó una vez más. Ella maldijo. *Concéntrate Ana*, se dijo a sí misma. Ella esperaba que Carlos no la viera desde el puesto. Respiro hondo y se tranquilizó. *Solo tengo que tener confianza*, pensó ella. Vio que no venía nadie en la calle, entonces inició el motor, piso el clutch y ¡estaba en movimiento! Aceleró en dirección al coche que estaba estacionado en frente de ella, entonces giró el volante y de manera torpe entró a la calle, piso el clutch y puso segunda y ya estaba manejando sin problema.

Mantuvo la Jeep en línea recta. Notó que su vecina, la señora Raúl, estaba pasando por la banqueta, pero la señora no vio a Ana. Ana vio el puesto de fruta enfrente de ella. Vio la moto verde limón enfrente del puesto y el pelo negro de Carlos mientras acomodaba las cosas de una mesa enfrente del puesto. Ana puso su más bella sonrisa para saludarlo. Ella lo podía ver cada vez más cerca. Vio sus largas piernas. Las puertas de la Jeep se habían quitado, la parte superior estaba abierta también, y ella estaba a punto de gritar, "¡Eyyy, Carlos!" cuando ella pasó demasiado cerca del coche estacionado detrás de la moto. El lado derecho de su jeep rayó el frente del vehículo estacionado. El choque de metal la asustó. Ella quiso pisar el freno, pero en su confusión aceleró. Giró el volante demasiado hacia la izquierda, viró a la derecha, golpeó la moto de Carlos, vio los ojos abiertos de Carlos cuando saltaba fuera del camino, y pisó el freno en pánico. Era demasiado tarde. Tiró la mesa que había estado preparando Carlos y dio un golpe directo en el stand de productos antes de detenerse.

Su siguiente imagen consciente fue de algunas tablas y una señal colgando en la Jeep por encima de su cabeza. Ella vio un poco de maíz, papas y lechuga en el asiento con ella. Sintió un poco de sangre en su frente, y luego vio a Carlos recogiendo el desorden en la acera. Desde la transitada calle, un policía de la ciudad vio lo que pasó y fue en su coche a la escena del accidente. Sólo antes de que

Ana se hubiese desmayado, vio que el policía era un viejo amigo de la familia, el oficial Pera. Ana probablemente estuvo inconsciente sólo unos minutos. Cuando despertó, el oficial Pera estaba revisando el golpe en su cabeza. Su mamá estaba de pie junto a él con una cara que rápidamente se transformó de la preocupación en un rostro enojado. En el otro lado del jeep estaba Carlos con una mirada de completo desconcierto en su rostro.

"Lo siento mucho, Carlos", fue todo lo que Ana pudo decir. El castigo, por supuesto, sería impuesto por el padre de Ana. Su mamá tenía varias cosas que decirle a ella, pero después de eso, se negó a hablar con ella hasta que su padre llegó a casa del trabajo. Sus hermanas se metieron al cuarto de Ana para saber que era lo que estaba haciendo, pero, en pocos minutos, la madre de Ana las sacó de la habitación. A Ana se le prohibió cenar esa noche. Oyó la larga y murmurada conversación de sus padres en varias habitaciones en el piso de debajo de la casa. Por fin, esa noche su padre la visitó. Primero quería escuchar su versión de la historia con una explicación de por qué lo hizo.

Tenía varias preguntas: ¿Por qué pensaba que podía conducir? ¿Por qué ella robó el coche de su padre (¡Ana no había pensado en eso!) ¿Se dio cuenta de que podía matarse a sí misma o a otros? ¿Cuáles fueron sus ideas acerca del plan de pagos al padre de Carlos por los extensos daños que había sufrido y por los que Javier iba a tener que pagar? (De hecho, Javier ya había entregado un cheque por una cantidad sustancial de dinero al padre de Carlos.) Cuando se enfrentó a las preguntas de su padre, Ana se sintió abrumada por un gran remordimiento, especialmente por Carlos, a quien ella pudo haber matado. Ella comenzó a llorar muy fuerte, Javier se sentó en la cama a su lado. Con suavidad puso su brazo alrededor de su hija y la dejó que llorara. Luego escuchó en voz baja la voz de Ana, mientras relataba los eventos. Descubrió que esta aventura de conducir había sido pensada desde hacía varios años.

Ana miró los ojos tristes de su padre, pero ella percibió que él había adoptado esta mirada. Lo que ella realmente vio dentro de él era diversión con su hija traviesa. Él la hizo ver que se había equivocado tremendamente y que se ocuparía de las consecuencias. Pero también vio su amabilidad. Siempre sentía su amor incondicional. Ella lo adoraba por esto, y sabía que cualquier castigo que él le impusiera a ella sería justo y pensando siempre en su bienestar. Sin embargo, se sentía terriblemente mal.

"¡He hecho un gran problema en nuestra vida, papá, y siento mucho haber llevado tu jeep sin preguntarte primero!" Javier casi se echó a reír por esto, pero aspiró un largo suspiro para mantenerse serio. -De acuerdo, Ana -dijo-. "Esto es lo que vamos a hacer. Eres un conductor terrible, ¿verdad? Necesitamos que no seas una amenaza a los peatones. Así que voy a enseñarte a conducir correctamente. Lo haremos primero en las afueras, y sólo harás lo que yo diga que hagas, y yo determinaré cuando ya puedas manejar sola. El corazón de Ana saltó con la emoción de la esperanza renovada. ¿Podría esto ser cierto? Ella quería saltar de alegría, pero, en cambio, puso ojos de perrito triste y respondió. "¿Si papá, que más?

-Tienes que pagarle al señor Moreno por sus daños. Ya le he pagado yo. La verdad es, Ana, podrías trabajar veinte años y no ser capaz de pagarle por los daños que causaste. Así que tendrás que pagarme a mí. Esto significa que los sábados vendrás conmigo a la tienda, y te pondré a trabajar. No se te permitirá ir con tus amigos, y trabajarás todo el día. También tendrás que mantener buenas calificaciones en la escuela, aunque tengas menos tiempo." -Papá, ¿tendré que trabajar veinte años? -preguntó Ana. De pronto se alarmó. ¿Podría ser mejor sólo ir a prisión por tres o cuatro años, se preguntó? "Al principio pensé que debías trabajar directamente para el señor Moreno, pero no te quiero trabajando sola con su hijo mayor. Así que por eso decidí que trabajarás para mí ", dijo Javier. "Y creo que deberás trabajar este año escolar para mí. Si aprendes a conducir responsablemente, te permitiré dejar de trabajar al final del año escolar. Tomaremos un poco de tiempo después de la misa y la cena del domingo para nuestras clases de manejo. Pero no conducirás un coche por tu cuenta de nuevo hasta que tengas quince años, cuando legalmente puedas obtener tu permiso para conducir. Hasta entonces, tu conduces sólo cuando yo esté en el coche."

Y así Ana trabajó su sentencia los sábados con su padre. Él la usó como su asistente personal: La mantuvo a su lado mientras supervisaba los departamentos de la tienda. Durante estas rondas, hizo que Ana ayudara a sus gerentes a tomar decisiones sobre exhibiciones; Determinar qué artículos se vendían o no se vendían; Ayudar a alguna persona para hacer una tarea particular, y, a veces, Ana se ocupaba de checar facturas de cuentas por pagar. Ana era inteligente, y aunque quería jugar con sus amigos y se sentía triste cada sábado por la mañana cuando despertaba, ella se interesaba en el trabajo tan pronto como ella llegaba a la tienda. Ella sobresalía en sus tareas. Tenía grandes aptitudes para la presentación artística de exposiciones. A los directores de tiendas les gustaba sus opiniones y le pedían ideas. Lo más divertido era atender a los clientes y hacerlos reír. Afortunadamente, Javier solía terminar el trabajo a las 3:00 pm, para que Ana pudiera reunirse en la cocina de su casa y ponerse al corriente con los eventos del día. El sábado por la noche era una gran noche para socializar en el hogar de los Valdez. Siempre familia y amigos venían a reunirse. Lili era una persona amable pero una anfitriona muy ocupada. Las hermanas mayores ayudaban a preparar la cena y a poner las mesas. La cena a menudo era en turnos a medida que grupos de personas llegaban en diferentes momentos. Ana saludaba a todos y los invitaba a la cocina para sus primeras bebidas y aperitivos.

Con tanto ruido en la casa, a Javier le gustaba callarse cuando llegaba del trabajo. Pero después de un par de copas de vino empezaba a hacer lo que Ana quería más: contaba sus historias. Ana se enfocaba, escuchaba, recordaba y aprendía. A ella le gustaba ocupar la silla a lado de su padre. Entonces ella miraba los rostros de los invitados mientras les encantaba con las muchas historias de personas que había conocido en su interesante vida y las historias de los líderes mundiales a quienes conocía a través de las numerosas biografías que había leído.

En una de esas noches de sábado, Ana se enteró por primera vez del lado oscuro de Sinaloa, el estado de México en el que vivía. Antes de eso, había experimentado a México como un mundo de playas; empinadas y exuberantes montañas; fiestas con familias amorosas; amigos y risas; hogares abiertos; peleas de toros, béisbol; comida picante; frutas; vegetales; misa los domingos; metichonas y amorosas monjas y sacerdotes; y la protección amorosa de Jesucristo y de la Virgen de Guadalupe.

Pasaba horas jugando con las muñecas Barbie, las pasadas de sus hermanas, además de otras nuevas. Ella montaba en bicicleta con los muchachos y las muchachas en el vecindario. Visitaba a la hermana de su madre a través de los techos de las casas. Entraba por una ventana de la azotea en el ático misterioso de su tía. Junto con sus hermanas, ella habló con su padre para que encendiera los fuegos artificiales en la calle durante las fiestas improvisadas de la cuadra. Siempre había música. Su madre la había inscrito en clases de piano. Dos de sus hermanas tocaban la guitarra y otra tocaba el teclado. Todos cantaban en el micrófono que amplificaba sus voces a través de los altavoces del teclado. La música tocaba en todas partes en las calles: desde los coches, desde las radios y las *boom boxes*, y desde los televisores sintonizados a programas de concursos de danza. En el mundo de Ana, la única experiencia oscura fue el ocasional problema de un niño o niña del vecindario siendo malo con ella.

Pero poco después del accidente de coche con el negocio de frutas, el padre de Ana le habló de una familia que vivía a sólo un par de cuadras de distancia. Él ordenó que ella nunca debiera acercarse a su casa, y de ser posible, tampoco relacionarse con los niños que vivían allí. Él estaba muy triste en decirle a Ana sobre esto, dijo, pero, en verdad, podría ser muy peligroso asociarse con ellos. Ana conocía a la familia un poco. Había un niño y un par de hermanas, su madre y su padre que nunca parecían estar en casa. Conocía al muchacho mejor, él asistía a una escuela privada diferente a la de ella, era un año mayor, y sabía que su nombre era Arturo.

-No los conozco muy bien, papá -dijo Ana-, ¿pero por qué? Javier estaba sentado a su lado en un sofá, y le rodeó el hombro con el brazo. Él dijo, "El padre de Arturo se dedica a un negocio ilegal, y es buscado por las autoridades. Se esconde y trabaja en la sierra, las montañas cercanas, con muchos otros hombres. Llevan armas. El padre de Arturo es un hombre que tiene enemigos peligrosos que incluso podrían querer lastimar a su familia que vive en este barrio. Esta es una de las razones por las que vemos los camiones del ejército mexicano en el barrio tan a menudo. Patrullan para asegurarse de que haya paz en la zona y para mostrar que están listos, esperemos, que no habrá ningún problema."

Ana no podía concebir tales circunstancias, pero, después, sentía mucho miedo de pasar por ahí. Cuando discutió esto con sus compañeros de la calle, un par de ellos verificaron que sus padres habían dicho cosas similares: que el hombre era un jefe narco y que su negocio era hacer y vender drogas a los Estados Unidos. Lo peor de todo, informó uno de los muchachos mayores, las bandas de narcotraficantes de la sierra cercana peleaban entre sí. No sólo se mataban unos a otros, a veces llegaban a la ciudad para secuestrar o matar a las familias de sus enemigos. Ana ni siquiera sabía qué eran las drogas, pero la idea de que hombres peligrosos llegaran a su calle, en su mundo agradable, para matar a la gente le ocasionó semanas de pesadillas. Su madre y su padre iban a su habitación y trataban de tranquilizarla diciéndole que no había peligro.

Entonces, en una de las noches de sábado, cuando su casa estaba más llena de lo habitual Ana oyó a su padre contar una historia después de haberse relajado con un poco de vino. Resultó ser una historia que le dio a Ana más información sobre el tipo de hombre que era su padre.

Ana se hizo pequeña en una silla a la derecha y ligeramente detrás de Javier, de modo que él no pudiera notar que ella estaba allí. Si lo hubiera sabido, pensó Ana, tal vez no contaría la historia.

11

Conocía bien a su padre. Eran espíritus afines. Ella tenía la intuición de que debía estar muy quieta porque estaba a punto de escuchar algo importante. Javier estaba hablando con tres hombres sentado cerca del final de la mesa. Las hermanas de Ana, su madre y algunas mujeres estaban en una ruidosa conversación más allá.

Ana escuchó cuando Javier les dijo a los hombres: "Había un joven que solía venir a mi tienda en los años justo antes de conocer a Lili. Este niño era el hijo de un policía, y tenía diez hermanos y hermanas. Cuando el niño tenía alrededor de las doce, su padre fue asesinado en un tiroteo con narcos, y la familia se desmoronó. La madre hizo todo lo posible por alimentar a los niños, pero estaban desamparados, y el muchacho, llamado Fernando, tenía que vivir en las calles. Llegaba a la tienda de vez en cuando para usar el baño y lavarse y a veces para beber el agua del lavabo.

"Cuando me di cuenta de lo que estaba pasando con el joven, le di algo de ropa de tiempo en tiempo. Había conocido y había respetado al padre del chico. A veces contrataba a Fernando para que hiciera trabajo en la tienda para poder darle algo de dinero sin que pareciera una caridad así el muchacho se valoraría así mismo. Cuando pienso en ello, creo que me convertí en un mentor para él. "Pero su padre fue asesinado porque tomó sobornos de los narcos, y una pandilla rival se dio cuenta de que estaba en la nómina de su enemigo. Lo emboscaron y mataron."

"Cuando Fernando cumplió catorce años, uno de los cárteles locales de Sinaloa lo agarró para su servicio. Era un muchacho que no tenía dinero ni futuro real aparte del que yo podía enseñarle. El futuro que yo le mostré significaba estar en la calle y trabajar duro para construir una mejor vida. Pero los narcos pusieron dinero en sus manos junto con un rifle semi-automático AR-15. Hicieron que Fernando se sintiera como un hombre y se lo llevaron a las montañas.

"Un día, unos nueve años más tarde, levanté la mirada y estaba Fernando, completamente hecho un hombre guapo y fuerte. Le sonreí y él me abrazó. Dijo que necesitaba hacer algunas compras.

Dirigía a algunos hombres, explicó, y trabajaban en las montañas. La vida era dura allí y hacía mucho frío. Necesitaba mantas, edredones, equipo para dormir, calentadores y abrigos pesados. Necesitaba equipar a varios cientos de hombres. Tenía necesidades continuas porque tenía negocio con muchas personas. Dijo que quería que yo le surtiera su negocio debido a la amabilidad y lealtad que le había demostrado cuando era niño.

Esto me emocionó. Recuerdo luchar contra algunas lágrimas. Le pregunté a Fernando qué necesitaba ahora, y le dije que le surtiría y que podría calcular el precio según la cantidad que se necesitara. No quería conocer cualquier otra información que no fuera la requisición de las órdenes que tendría que surtir. Y así durante años acepté algunas órdenes bastante grandes de vez en cuando de un agente de Fernando que venía de la sierra. Las órdenes eran llenadas y entregadas a un almacén en la ciudad, y yo no sabía nada más que eso".

Ana vio a su padre hacer una pausa teatral y beber un poco de vino. Luego continuó: "Pero he oído rumores de vez en cuando. Sabía que Fernando se alzaba en las filas del poder y sobrevivía a muchas batallas con rivales, con la policía y con el ejército. Un día me enteré de que Fernando era el jefe de jefes, en el cartel de Sinaloa. En todo el estado, hubo historias sobre Fernando corriendo desenfrenadamente. Una muy insistente fue, que Fernando, que había tenido muchas mujeres y niños en su vida, se había casado con una de estas damas en la iglesia, y que ella le proporcionó su familia legal. Él quería que su esposa e hijos tuvieran el tipo de vida que nunca tuvo: uno con las mejores cosas y la mejor educación que el dinero podría comprar. Así que los instaló en un bonito vecindario aquí en Mazatlán con guardaespaldas en la casa. Incluso tenía guardias de cuerpo encubiertos que seguían a su familia cuando salían, y la familia nunca se dio cuenta de su presencia.

Ana escuchó, con el corazón latiendo, y luego Javier reveló algo que hizo que el vello en los brazos de Ana se erizara: ¡la familia de

Fernando vivía en la casa a sólo un par de cuadras y uno de sus hijos era Arturo!

Fue a estas alturas de la noche, cuando Ana se enteró de esta revelación, que sus hermanas llegaron corriendo con su padre junto con algunos chicos que estaban en la casa. Animadamente rogaron a Javier que disparara fuegos artificiales en la calle. A Javier le encantaba hacer eso. Siempre tenía unos almacenados. Sintiendo que había puesto a sus oyentes en un estado de ánimo deprimido, pensó sería divertido. Así que invitó a Lili y a sus amigos para que todos en la casa salieran para ver un pequeño espectáculo.

Javier tomó unos minutos para ir a su armario donde guardaba los fuegos artificiales. Sacó algunos de sus mejores cohetes aéreos junto con los petardos. Ana estaba tan aliviada de tener algo más en lo que pensar que salió al frente de la casa y encontró algunas amigas. Ella se paró con ellas en el otro lado de la calle y esperó a que saliera su papá. Pronto todo el mundo estaba fuera. Los invitados se alinearon enfrente del porche delantero y la acera frente a la casa. Javier salió con algunas cajas. Sacó los fuegos artificiales, se los dio a los niños más pequeños, y los encendió. Sus padres animaron a los niños con sus risas y alegrías. Cuando los fuegos artificiales se terminaron, Javier proporcionó a los chicos mayores algunos petardos para encenderlos en la calle cuando no pasaran coches. Mientras los colocaban, él se ocupó en encontrar cohetes para lanzar. Cuando los petardos estaban listos, uno de los muchachos dio una señal. Los encendieron en la carretera y luego rápidamente volvieron a la acera.

Por la peor de las coincidencias, fue precisamente en ese momento cuando un camión con unidades de la Novena Reserva del Ejército Mexicano dio la vuelta de la esquina y, para horror de los espectadores, el camión pasó por encima de los petardos mientras se encendían.

¡Pop! ¡Pop! ¡Pop! ¡Pop! Al menos veinte tronaron. Sonaban exactamente como fuego de armas.

Los invitados y la familia escucharon el chasquido de las armas de los soldados al saltar detrás del camión y de su cabina. Apuntaron sus armas a la gente. Ellos miraron desesperadamente en todas las direcciones para saber de donde provenían los sonidos que tomaron como disparos. Todos se tiraron al suelo, incluyendo Ana, y ella estaba gritando, "¡No disparen! ¡No disparen!

Los soldados comenzaron a gritar que todos se acostaran en el suelo. Javier se tiró junto a sus cajas. Con voz fuerte, dijo a los soldados que sólo estaban escuchando fuegos artificiales, no disparos de pistola. Transcurrieron momentos tensos a medida que los soldados registraban, buscando verificar lo que Javier les había dicho. Una vez que los petardos se detuvieron, su humo flotó por el aire. Todos estaban en silencio absoluto.

Todo el mundo, es decir, excepto Ana. Ella estaba llorando y continuó gritando: "¡Por favor, no disparen!" Se acostó boca abajo en el suelo con los brazos sobre la cabeza.

Finalmente, uno de los soldados cerca de Ana se arrodilló a su lado. Él la ayudó tiernamente y le dijo que ella no se preocupara, que ahora entendían que los sonidos habían sido fuegos artificiales.

"¡Gracias por ayudarnos, niña! Todo está bien. Los soldados están aquí para ayudar y proteger a la gente ", le dijo.

Él mantuvo su brazo alrededor de ella hasta que Javier vino y recogió a Ana contra su pecho y la abrazó fuertemente.

Esas fueron las primeras historias e incidentes que introdujeron a Ana en el mundo de la vida adulta en México. Ana había disfrutado de una infancia privilegiada y amorosa, pero más tarde descubrió que ninguna clase económica separaba a alguien de las balas que volaban por las calles de la ciudad de su amado país. Lo que la sostenía siempre eran los recuerdos de la vida de su padre.

Esa noche, cuando su padre la abrazó y la consoló, Ana Valdez prometió siempre conocer las historias de todos los que encontraba y memorizar los sonidos particulares de cada calle. Recordó los estallidos de los petardos mientras se acurrucaba en los brazos de su padre y los soldados mientras la rodeaban con armas. Tenía un extraño pensamiento: las grietas de las pequeñas explosiones eran ecos del futuro.

Fuego de Noche

(Nightfire!)

Slap-slap-slap-slap ... la sensación de este sonido resonó en todo su cuerpo, incluso como un recuerdo de años antes. Estaban corriendo en un extenso camino rocoso en la ladera de la montaña antes de que el sendero tomara un descenso hacia el valle. Rahui se sintió muy orgulloso de los sonidos de sus huaraches (sandalias de cuero) sobre las rocas y la tierra. Tenía diez años y ya podía mantener el paso de su madre. Habían corrido por medio día y seguía con ella. Ellos llegarían antes de que oscureciera, porque el clima estaba despejado y el aire de primavera los refrescaba. Su hermano pequeño se quedó atrás. Rahui y su madre se detenían de vez en cuando, hasta que él estaba a la vista, y luego corrían, deteniéndose de nuevo cuando ya no podían oír al muchacho, que era dos años más joven que Rahui. El padre iba adelante de ellos. Probablemente, sólo le faltaría un corto tramo para llegar a la aldea de la familia de los primos de Rahui. Su padre era rápido y había estado en muchos equipos ganadores de las carreras rarajipari, en las que los hombres competían con otros hombres de varias aldeas. De pasadas experiencias, Rahui sabía que para cuando él, su madre y su hermano llegaran a la cabaña de sus familiares, su padre ya estaría sintiendo los efectos del "Tesguino" compartido por el tío de Rahui: La cerveza de maíz haría que su padre hablara demasiado y tuviera la mirada somnolienta.

"Cuidado con los chabochi", Rahui recordó que su madre le dijo la primera vez sobre ellos. Los chabochi eran los no indios, y desde que la gran guerra había terminado tres años antes, en 1945, los chabochi parecían estar invadiendo a un ritmo alarmante los Cañones del Cobre. Rahui había oído a sus padres decir que todos los chabochi eran malvados. Sólo les importaban las cosas materiales, y no creían en el compartir: el kórima.

Eso era muy triste, pensó Rahui. La felicidad sólo proviene del compartir. Recordó haber pensado mucho en los chabochi en esta carrera en particular. Una y otra vez, los chabochi habían invadido los formidables cañones de las Barrancas del Cobre, en el estado en México que su madre le había dicho se llamaba "Chihuahua". El español chabochi había conquistado a los indios siglos antes y había impuesto el catolicismo sobre los pueblos indígenas Rarámuri. Habían proclamado que un hijo amoroso y compasivo de un Dios los salvaría, aparentemente a cambio de la tierra que habitaban los Rarámuri. Los pueblos indígenas habían adaptado las nuevas creencias a su propia cosmología. En estos días, su madre le había explicado que los chabochi que entraban eran mexicanos que reclamaban los recursos de la tierra como propia. Algunos eran especialmente malas personas que estaban sembrando marihuana y amapola en las montañas.

"Nos han traído un lenguaje que quieren que aprendamos y nos hacen usar palabras para las cuales no tenemos letras. Son gente extraña. Nos hablan en español, pero usan nuestros nombres Rarámuri para los lugares. Ni siquiera llaman a nuestra gente correctamente. Somos los Rarámuri, los indígenas corredores pero los mexicanos y el mundo exterior nos llaman Tarahumara. Nos están confundiendo incluso a nosotros. Nuestro propio pueblo nombra a sus hijos con nombres españoles. En español, tu nombre, hijo, es Día ", le dijo su madre.

Tenía que aprender a pronunciar eso porque no había letra "d" en su idioma. Los Rarámuri tenían un lenguaje hermoso y pausado que usaba muchos sonidos de la letra "r". Día era la palabra para día." Cuando Rahui vio por primera vez a Luna, relacionó el significado de su nombre al sol. Los Rarámuri creían que el padre-Dios era el sol. La luna representaba al Dios-hembra. Sintió un relámpago de amor en el momento en que vio por primera vez a Luna. La señaló cuando las familias fueron llegando al lugar de encuentro en este viaje en particular y le preguntó a su madre quien era ella.

"Su familia es amiga de tus primos", respondió. "El nombre de la chica es Luna. Es un nombre español. Significa, 'Luna'. Es una niña hermosa. Ella te mira a ti Rahui." Su madre se rio, esperando que él se avergonzara.

Pero no estaba avergonzado. Él le dijo a su madre, "Si ella es llamada por un nombre español, entonces yo también quiero eso. Ella es 'Luna' y yo soy 'Luz del Sol'. Así que soy el día. De ahora en adelante, llámame Día.

Si su madre hubiera examinado su rostro en ese momento, podría haber visto el naciente resplandor de amor en los ojos de Día: miraba a Luna y entendía que su destino sería robarla.

Ese año el equipo de su padre ganó la carrera rarajipari que duró dos días. Los hombres aumentaban su consumo de cerveza de maíz y dormían en intervalos el día antes de la carrera, mientras las mujeres cocinaban. La carrera de las mujeres comenzó igual que la carrera masculina, pero la suya duró sólo un día. Su carrera fue alegre y llena de conversación y risas entre los equipos. Los hombres eran intensos porque su carrera era importante. El correr era el significado de la vida para los Rarámuri. Marcaba su identidad. Era la manera de comunicarse entre su gente tan dispersa a través de los cañones, montañas y colinas. Los corredores Rarámuri llevaban la palabra corriendo.

A lo largo del camino hacia el pueblo donde estaba la meta de la carrera de hombres, la gente puso antorchas para marcar el camino para la carrera nocturna. Cada equipo de hombres pateaba una pelota de madera durante toda la carrera. El padre de Día terminó primero. Caminó hasta un tronco de árbol y se sentó. Los jóvenes se le acercaron y empezaron a masajearle las piernas y los pies.

El día anterior, el equipo de la madre de Día también había ganado la carrera femenina. Así que ésta fue una ocasión especial que Día recordaría hasta el día de su muerte: tenía edad suficiente para entender que pronto llegaría su madurez. Fue testigo del triunfo de sus padres en su mejor momento. Vio a Luna por primera vez, y le robó el corazón al mirarla a los ojos.

Y éste fue el momento en que recibió la advertencia más impactante sobre el mal de los chabochi de parte de su madre: "Hay quienes vienen de Sinaloa y suben a las colinas y toman las tierras de nuestro pueblo. Cultivan amapola y marihuana, y luego nos esclavizan y nos hacen llevar corriendo la cosecha a través de la frontera al país de los gringos", le dijo a su hijo. Si se te acercan, corre hacia lo más alto en las montañas. No dejes que te engañen con sus palabras dulces o te asusten con sus armas. No escuches ni una palabra que te digan. Ellos te engañarán, porque ellos usan a Rarámuris malos o débiles que han aprendido español y que nos hablan en nuestra lengua para hablar por ellos."

Al decirle esto, Día sintió un revuelo en su alma, anunciándole un oscuro destino: Luna sería su luz, y los chabochi serían la oscuridad. La recomendación de su madre cuando tenía diez años de edad lo dejó sintiéndose aterrorizado.

Creció luciendo más chabochi que indígena. Cuando se casó con Luna de diecisiete años y él de diecinueve años, Día era grande y fuerte, no flaco como muchos de sus amigos Rarámuri. Le gustaba usar el pelo largo y recto. Algunas veces usaba bigote. Su madre le dijo que, en algún momento, uno de sus antepasados Rarámuri debió haberse casado con un mexicano con ascendencia española. No tenía rasgos europeos como un español, pero era alto como algunos de los hombres del norte de España y como muchos de los gringos que habían visto. Cuando Día ya había madurado, su cuerpo y apariencia cambiaron para reflejar las influencias del mundo exterior de Chihuahua, en México, y de Texas y Nuevo México en los Estados Unidos. Esto porque tenía un poco de los chabochi en sus genes. Luna se aferró a él y lo acompañaba a todas partes.

La atracción de los caminos era lo que había llevado a Día al mundo exterior. Su familia y generaciones de antepasados habían recorrido los caminos frágiles de las montañas y cañones. Tuvieron que eludir la civilización que había seguido llegando a sus caminos.

Durante cien años, los chabochi construyeron el ferrocarril para pasajeros a través de la dura piedra y la hierba tupida de su gran territorio. Conectó Chihuahua, la ciudad, con el Océano Pacífico en Sinaloa, y pasaba a través de decenas de túneles de montañas y puentes en la tierra de los Tarahumara (como los chabochi llamaban al pueblo de Día). Finalmente se terminó en 1962. Hacía paradas en el Divisadero, donde los pasajeros bajaban para disfrutar la vista del cañón, y en Creel, que en la juventud de Día era un pueblo que producía madera. La ocasión que Día vio por primera vez Creel fue un día tan importante como el que había visto por primera vez a Luna. El amplio bulevar en el centro de la ciudad permitía que los coches y los camiones circularan en un mundo que el joven no podía alcanzar a imaginar. Día contempló con asombro la amplia carretera plana. Vio un camino que no se ocultaba entre las rocas y los arbustos.

Seguramente sólo algo bueno puede estar en el final de un camino como éste, pensó. Él se lo dijo a Luna, quien le creyó.

Luego, cuando tenía dieciséis años, en Creel, conoció a los dos jóvenes mexicanos que afirmaban lo que él había sospechado: que los caminos chabochi conducían a lugares maravillosos. Los jóvenes habían llegado en una camioneta negra muy potente y estaban vestidos con ropa de vaquero y botas limpias. Día hizo una evaluación rápida:

Tal vez los chabochi no creen en el compartir y son personas egoístas, como dicen mis padres. Pero quizá Luna y yo podamos conseguir cosas buenas para nuestra gente en el mundo exterior y enseñarles cómo tratar con los chabochi. Si los forasteros nos ven fuertes, tal vez respeten nuestras costumbres. Nosotros debemos influir en los chabochi.

Los jóvenes eran de Sinaloa. Día vio que sus ojos habían estado evaluando su cuerpo. Mediante frases cortas y gestos le comunicaron un desafío: querían correr, apuntaron a una señal que se podía ver a unos dos kilómetros de ellos en la carretera. Solo uno corrió. El otro se recargo en la camioneta. No era una competencia. Día se detuvo a medio camino y esperó a que el muchacho lo alcanzara, y entonces él siguió corriendo hacia la señal y permaneció ahí hasta que llegó el joven. El otro muchacho condujo la camioneta hasta ellos e indicó que harían una carrera hacia el pueblo. Pero cuando Día comenzó a correr, los dos saltaron a la camioneta y lo rebasaron, bañándolo con un remolino de polvo de la carretera. Día recibió el mensaje: los Rarámuri podrían correr durante días, pero los caminos y los vehículos de los chabochi acortaban el tiempo y la distancia en momentos.

Mientras su padre comerciaba artículos en la ciudad y bebía con amigos, los jóvenes pusieron a Día frente al volante de la camioneta y le enseñaron cómo manejar en el ancho camino hasta el final de la ciudad. Primero la camioneta se sacudió y sacudió y apagó cuando Día falló en hacer los cambios de la marcha, pero rápidamente entendió como funcionaba. Las ventanas estaban abajo, y la ráfaga de viento contra su rostro al acelerar presionó su piel más fuerte que cualquier brisa que lo refrescara al correr. La emoción de esto le hizo sentir una dureza entre sus piernas que, hasta entonces, sólo Luna le había dado.

Antes de que lo dejaran ese día, los jóvenes pusieron una mochila en la espalda de Día.

"Esto es para ti", le dijo uno en su lenguaje. "Para ayudarte a llevar las cosas.

Quédatelo, pero búscanos otra ocasión aquí. Un día corre por nosotros con esto en la espalda. Entonces tendrás una camioneta.

Cuando le mostró a su padre la mochila más tarde, el hombre movió la cabeza. "¿Los chicos te dieron la mochila porque ganaste una carrera? "Preguntó. Día sabía que su padre no creía en su mentira, pero sentía una extraña vergüenza y no quería contar toda la historia. Tenía la intuición de que la emoción de lo que había sentido en la camioneta debería ser privada. Pensó que sólo le diría a Luna. Su padre lo miró, se encogió de hombros y le tendió una cerveza.

Pasaron meses antes de volver a ver a los jóvenes. Día había cumplido diecisiete años. Le dijo a su familia que iría a correr una carrera y a visitar a sus primos. Llevaba la mochila que le dieron. Pero en lugar de ir a ver a sus primos, se fue a Creel. Ni siquiera a Luna le confió esto sino hasta que regresó días después. Vio las caras de los chabochi mirándolo mientras caminaba por Creel, y en sólo un par de horas una camioneta negra apareció en la carretera donde Día se sentó con las piernas cruzadas. Los dos jóvenes saltaron del vehículo para saludarlo, al igual que un tercero, un mexicano mayor a quien Día pensó que tendría unos treinta años. Le dieron de comer y luego lo acostaron en la caja de la camioneta y manejaron para el norte. Llenaron la mochila y le dijeron que correría saliendo de México y cruzando la frontera. En medio de la noche se encontró con un hombre que tomó la mochila. Cuando corrió de regreso, lo recogieron al día siguiente en un escondite en un Santuario en la carretera, una estructura de madera en la que se agachó junto a una estatua de la Virgen de Guadalupe. Esto lo protegía del sol y del viento frío. Lo llevaron a un aserradero en las faldas de Creel y le mostraron una camioneta Chevrolet vieja con un neumático desinflado. Le dijeron que era suya y que podía mantenerla allí. Se rieron y le dieron otra mochila para llevar a casa.

"Corres como un demonio" -dijo uno. Su facilidad con el lenguaje Rarámuri había mejorado. "Vuelve en veinte días, te mostraremos más del mundo, te gustará mucho. Tendremos otra carrera para ti, y podrás manejar la camioneta. ¿Tienes hermanos y hermanas?"

Día sintió una sensación instintiva en su corazón. Oyó pequeños ecos de la advertencia de su madre sobre los chabochi. No quería que ellos supieran de su hermano o de Luna, a quienes amaba profundamente. Así que él les respondió: "Yo sólo tengo un hermano joven, que es sólo un niño. Además, yo soy el mejor corredor de los Rarámuri. Puedo correr para ustedes. No necesitan a los demás." Y se echaron a reír de nuevo.

Corrió para ellos esporádicamente los siguientes dos años. Le mostraron cosas: pistolas, que no le gustaban, y "dinero" (billetes y monedas), que le interesaban poco. Esas eran las obsesiones de los chabochi. Su obsesión se convirtió en la velocidad: el correr a través del desierto plano y la aceleración de camiones y coches que hacían hervir su sangre. Conoció a muchos chabochi, y la mayoría le parecían mezquinos y amenazadores. Él los mantuvo alejados de su pueblo, y le dijo a su familia poco de sus ausencias, excepto a Luna a quien contó sobre la velocidad de los vehículos y las vastas extensiones de las carreteras.

"Estoy atrapado en ello", admitió a Luna una noche. "Mi espíritu se eleva a los cielos cuando el polvo de la carretera cae rápidamente detrás de mí. ¡Mi cuerpo se siente como cuando hacemos el amor y grito de felicidad! "

"Amas el peligro -le dijo Luna-." Soy una mujer celosa, no me dejarás atrás. Pronto iré contigo.

"¡No!" Día protestó. "¡Eso nunca sucederá!"

-Sí -respondió ella. "O me casaré con tu hermano, él es de mi edad. Ve como sus ojos me miran. Si te perdiera a ti en el mundo chabochi, entonces al menos lo tendría a él".

Día se sorprendió. Se dio cuenta de que, durante sus ausencias, su apuesto y joven hermano podría estar con Luna si ella lo permitiera. No dejó que esta preocupación se agitara mucho en su corazón. Se casó con Luna cuando tenía diecinueve años y ella tenía diecisiete. Era 1957. A partir de ese momento, mantuvo a Luna a su lado en todas partes. Era hermosa y deseable, lo veía en los ojos de los chabochi quienes la miraban. Comenzó a llevar una pistola. Tendría que protegerla de la gente que más y más revelaba su deslealtad en un mundo más frío de lo que él creía que podría existir.

Luna comenzó a correr con Día cruzando la frontera. Corría como todas las mujeres Rarámuri: usando los tradicionales largos y coloridos vestidos de su gente. Ella era una excelente atleta que lograba llevar un paquete en su espalda con más de la mitad del peso de Día. Aprendieron más rutas. Permanecieron más y más tiempo en las ciudades mexicanas. Día aprendió la mecánica de las camionetas y coches que le fueron entregados. Eran viejos, y se descomponían a menudo. A veces tenía que reemplazar las piezas con algunas que sabía que habían sido robadas. Después los vehículos comenzaron a llegarle en camiones con plataforma. Éstos no tenían llaves. Día aprendió a encenderlos acercando el cable de arranque a los de encendido y la batería que había entrelazado. Instaló nuevos mecanismos de llave de encendido. Los mexicanos le hicieron trabajar en estos vehículos rápido, y después se los llevaron, dejando una nube de polvo. Su recompensa por este trabajo era conservar estos coches rápidos por un tiempo, hasta que algo mejor viniera para él.

Luna se sentaba cerca cuando él trabajaba. No confiaba en las conversaciones de las mujeres de los hombres chabochi que se reunían en bares. En su corazón ella deseaba volver con Día a su vida de antes

Él se enteró de esta manera: Una fría noche, durante una de sus carreras, Luna se desplomó y Día se precipitó hacía ella. Ella sangraba abundantemente de su vagina. Había perdido a un bebé en etapa temprana. Él no sabía nada acerca de su embarazo. Día la abrazó fuerte, y los dos lloraron mientras ella le confesaba:

"¡Hacemos el amor todo el tiempo porque deseo un hijo! Pensé que esto haría que tú regresaras a nuestro hogar conmigo y te quedaras. ¡Ya he perdido a otros dos, Día! Tú ni siquiera lo sabías. Pienso que estas carreras no me permiten tener hijos." Entonces, ella lloró por un largo rato mientras el corazón roto de Día se daba cuenta de su egoísmo. Esa noche él se juró a sí mismo que ellos regresarían con su gente. Se dio cuenta de que no había pensado alguna vez en traer las maravillas chibochi para ayudar a los Rarámuri, como él alguna vez lo había prometido, no había hecho nada para que los chibochi respetaran a su pueblo.

Ellos, por supuesto, iban tarde para la entrega de los paquetes esa noche. Casi amanecía antes de que se encontraran con los hombres que esperaban las bolsas. Uno de ellos lo sujetó de los brazos por detrás, inmovilizándolo. El otro se apoderó de su pistola y le apuntó mientras Luna gritaba. Después apuntó al aire y descargó todas las balas. Sujetándolo, después de una manera agresiva le dijo que ellos ya habían matado a otros corredores Rarámuri que les habían fallado. Día sintió terror, no por la amenaza de muerte, sino por la manera en que ellos miraron a Luna.

Pero al final, los hombres los llevaron caminando un tramo a una carretera mientras empezaba a amanecer. Sentaron a Día y a Luna en el asiento delantero de un carro y le entregaron algunos papeles a Día.

"Llevarás este carro a México," uno de los hombres dijo, hablando en una combinación de Español y Rarámuri. "Pronto, llegarás a la frontera en donde te detendrán y te pedirán los papeles. No les entenderás. Sólo enseña estos papeles al hombre, y ellos te dejarán pasar. No hables. Mantente manejando hasta que un par de camionetas te señalen que te detengas."

En los meses que siguieron, Día fue testigo de más y más mexicanos del cártel llegando a Creel apropiándose de parcelas de tierra en las montañas donde estaban sembrando marihuana y amapola. Él y Luna empezaron a aprender español, especialmente Luna, quien tenía facilidad para los idiomas. Es buena formando oraciones, pensó Día. Supieron que había aumentado la demanda de los productos del cártel, porque en los Estados Unidos la clase media con jóvenes rebeldes, a quienes les gustaba la música de rock-´n-roll disfrutaban de actividades y tipos de fiestas que no ocurrían en México. Día vio más armas y más gente amenazadora a diario. Él dejó de encontrarse con su familia en los cañones. Empezó a preocuparse con su seguridad y temía que lo relacionaran con los del cártel. Él no quería que su familia supiera lo que estaba haciendo, y no quería que su hermano llegara a ser influenciado como a él le había sucedido.

Siento correr fuego en mi espíritu, pensó.

Se preocupaba incesantemente por Luna. Mantenía sus ojos en ella para protegerla del gran número de hombres que cambiaban a sus mujeres y quienes veían de una manera lujuriosa el hermoso cuerpo de Luna. Además, tomó muy muy en serio lo que ella le dijo. Ella no había tenido hijos. Los había perdido. Tal vez las carreras lo habían consumido, como ella pensaba. Cerca de tres años habían pasado desde que se casaron, y más años desde la primera vez que hicieron el amor, y no tenían familia.

El recuerdo del sangrado de Luna en el desierto lo obsesionó. La poca espiritualidad que había en sus vidas, totalmente su culpa (él creía), le trajo éste pensamiento: *¿Cómo podríamos tener una familia mientras vivimos como lo hacemos?*

Un día, cuando un importante líder del cártel se presentó para discutir algo con él, Día tuvo por primera vez la esperanza de que pudieran escapar él y Luna.

Estaba cubierto de grasa y trabajaba bajo un camión cuando el hombre apareció en el viejo y feo taller hecho de madera en la carretera principal que atraviesa Creel. Un grupo de fornidos mexicanos llegaron con él, un par de ellos con rifles se colocaron por la puerta. El hombre quería que Día llevara coches robados. "Eres bueno con los coches y los camiones", dijo. Él parecía saber mucho sobre Día. "Puedes encenderlos fácil, y manejas rápido. Tenemos una tienda en Texas donde cambiamos los números de vehículos y deshacemos o reparamos los coches que conseguimos. Preparamos papeles para los cruces fronterizos. Pagamos a algunos de los tipos de la frontera para no checar tan de cerca los coches. Algunas de las camionetas pueden ser manejadas fuera de las carreteras para evitar los cruces fronterizos. Tenemos pedidos de vehículos en México. Así que cada coche es elegido para un propósito. Algunos los guardamos para nosotros mismos. Tú puedes escoger el tuyo en cualquier momento. Algunas veces nos traerás dinero en efectivo de regreso de nuestras ventas y servicios allá. A veces armas. Te enseñaremos a hacer escondites en los vehículos para estas cosas. Tu esposa... ella puede correr por nosotros todavía, o puede ayudarte. Se ve bien en los puntos de verificación una pareja en los coches. Ella puede estar contigo. Tu elige."

La elección era obvia.

Y él se veía guapo en los coches, Luna siempre parecía nerviosa y sin decidirse hasta que llegaban a la frontera, donde lograba ofrecer encantadoras sonrisas para los agentes fronterizos. Era una táctica de desarme que Día le dijo les ayudaría a llegar a México. Luna hacía cualquier cosa que Día le pidiera. Él había sido el centro de su mundo desde que era una niña. Llegaban al punto de revisión, Día vestido como un vaquero mexicano, Luna en sus vestidos hermosos y tradicionales. La ropa de Día era el único uso práctico que había encontrado para el dinero en efectivo que los chabochi les daban. Las mujeres Rarámuri, conociendo sólo la pobreza, usaban los mismos vestidos por semanas antes de lavarlos. Muchas sólo tenían uno. Día hizo que Luna adquiriera más vestidos en una tienda en la carretera de Creel, para que siempre tuviera algo limpio para los cruces. Había desarrollado una sensibilidad por las diferencias culturales en el norte de México y los Estados Unidos como una manera de siempre hacer más fácil su trabajo. Le preocupaba que, con el tiempo, pudiera sentirse menos Rarámuri y más chabochi. Se preguntaba si Luna sentiría que ella estaba cambiando: en la frontera, cuando su español le fallaba, Luna tomaba la conversación fácilmente. Se sentía culpable de la pérdida de su identidad cultural. Sentía vergüenza. Por esa razón le gustaba verla con los vestidos tradicionales. Le hacía sentirse menos mal por la situación.

La bodega de vehículos robados estaba varios kilómetros al norte de la frontera en un pequeño pueblo en Texas conocido como Presidio, donde vivían varios cientos de habitantes. Día y Luna a menudo llevaban vehículos de Presidio a través del Río Grande en Ojinaga, México, jalados por un vehículo remolque detrás de una camioneta de servicio pesado. Tenían documentos falsos identificándolos como empleados de un distribuidor mayorista que compraba vehículos usados en los Estados Unidos para clientes en México. Varios de los agentes del cruce en Presidio estaban recibiendo dinero de los cárteles para no revisar de cerca los vehículos y no preocuparse por Día y Luna. Los hombres del cártel mexicano estaban deseosos de los grandes coches estadounidenses, especialmente Chevrolet, Cadillac y Ford. Día a veces descargaba los vehículos en Ojinaga, y a veces los llevaba hasta la ciudad de Chihuahua.

Mientras Día y Luna vivían en Texas, ellos escuchaban rumores sobre las tierras de Rarámuri que eran incautadas por el cártel de Sinaloa en el Cañón del Cobre, al enterarse de la muerte de Rarámuris siendo asesinados por resistirse al narcotráfico o por haber fracasado a los ojos del cártel, Día cada vez consideraba más sus planes de escape de la peligrosa vida en la que él y Luna habían caído. Vio los coches robados como una salida. Él pensó que mientras tuviera la confianza del cártel, él y Luna podrían escapar en uno de los coches robados que estaban entregando a México. Allí, los dos podrían encontrar un lugar para empezar una vida secreta en alguna parte. Sabía que el cártel intentaría encontrarlos, por lo que él y Luna tendrían que abandonar cualquier idea de regresar con sus familias. ¡Él no llevaría el cártel a ellos! Así que cada vez que estaba en el camino a Chihuahua, se fijaba en las señales del camino que podrían darle ideas sobre dónde ir. En las paradas, él conversaba con extraños para saber de dónde eran y cuáles eran sus comunidades de origen. Buscando un sitio donde él y Luna pudieran comenzar una familia.

Pero la suerte puso acontecimientos que condujeron a un destino diferente.

Una tarde, Día estaba con Luna en un pequeño supermercado comunitario en Presidio, cuando Luna agarró su estómago y se dobló de dolor. Cayó de rodillas en el suelo. Mientras Día corría hacia ella, vio una mujer blanca que se apresuraba a ayudarla. La mujer preguntaba qué le pasaba en inglés, pero Luna respondía en español. Día oyó el angustioso grito de Luna: ¡Bebe, Bebe! La mujer entendió suficiente las palabras en español para saber la traducción de las

29

respuestas de Luna, y con ayuda de Día, consiguió que Luna se levantara, y la llevaron a un baño en la parte posterior del mercado.

Nuevamente Día no sabía que Luna estaba embarazada. Se enteró más tarde que Luna sólo había tenido un sangrado. Después de mucho tiempo en el baño, la mujer consultó a su marido, que había entrado a la tienda, y decidieron buscar ayuda médica para Luna. Día logró entender que tenía que seguirlos. Pusieron a Luna en el asiento trasero de su coche, un auto blanco 1960 Oldsmobile 98 sedán. Se detuvieron en una casa en las afueras de Presidio, donde un médico general tenía su consultorio, quien examinó a Luna. Les dijo que ella estaba bien, pero le ordenó reposo en cama. La pareja mayor tomó a Luna y la condujo a su rancho varios kilómetros al norte. Día los siguió. Olía a cebollas y melones cultivados en la granja mientras se acercaban a la casa del rancho de la pareja. Podía oler los aromas incluso dentro de la casa cuando la tarde y la noche llegaron.

A pesar del susto de que Luna podría haber perdido a otro bebé, este día llegó a ser para Día un dulce consuelo en su corazón. Durante años recordó la gratitud en el rostro de Luna y su unión con la mujer de Texas, que había acudido en su ayuda como una madre cariñosa. Día recordaba esto a menudo más tarde, cada vez que se sentía desesperado y extrañaba a Luna más de lo que pensaba que podía soportar.

. El bebé sobrevivió en el vientre de Luna. Día pudo ver el vínculo que nacía entre Luna y la amable ranchera incluso desde la primera noche. La mujer luchó por comunicarse con palabras en español, y Luna, pensando en la comodidad de la mujer con el inglés, comenzó a aprender y repetir palabras inglesas esa misma noche. La facilidad de Luna con los idiomas y su inteligencia eran cosas que hacía a Día desear estar con ella. Siempre había estado asombrado de su inteligencia y rapidez en el aprendizaje. A menudo recordaba ver a Luna con la mujer esa noche y recordar el deseo que había sentido por Luna en su cuerpo. Había querido poder estar a solas con Luna en el rancho. Sonrió al recordar eso.

Rápidamente, a la tarde siguiente como Día recordó, se acordó entre él, Luna, la mujer y su esposo, que Día y Luna se mudarían del pequeño apartamento que tenían en una casa de huéspedes en Presidio a un búngalo de madera en la parte trasera del rancho que estaba vacío. Los rancheros les ofrecieron que Luna podría ayudar a la mujer con la granja y los deberes del hogar, y la mujer cuidaría a Luna hasta que su embarazo llegara a término.

Los rancheros creían, como Día y Luna les habían dicho, que Día trabajaba vendiendo automóviles que ocasionalmente entregaba en México. Al oír esto, la mujer dijo que sería más seguro para Luna y el bebé no viajar con Día, como lo había estado haciendo. Luna le ayudaría como compensación por su nueva vivienda, dijo.

Este arreglo produjo un breve período de estabilidad, al menos para Luna, en el sentido de que podrían tener una familia después de todo. A medida que el vientre de Luna creció en los meses que siguieron, ella y la mujer fortalecieron más su amistad. El bebé nació en 1961. Consideraron nombres Rarámuri. Luna y la mujer tuvieron muchas conversaciones discutiendo nombres. Luna vio que los nombres Rarámuri eran difíciles para la mujer, a quien ella había llegado a querer. La mujer seguía regresando a un nombre en inglés, Roger, pero el nombre español para Roger, Rogelio, sonaba similar a un nombre Rarámuri que a Día le gustaba. Así que el bebé fue nombrado Rogelio. Nació de Luna moviéndose y pataleando, un hermoso chico con movimientos como si estuviera bailando. A él le encantaba bailar. Día vio en los siguientes dos años que nadie podía conocer a Rogelio sin instantáneamente enamorarse de él.

Día se dejó seducir al sentir la tranquilidad de la vida en el rancho cuando estaba en casa. Pero el trabajo de llevar coches en México se hizo cada vez más arriesgado. Había un cambio de gente constantemente, y Día se encontró varias ocasiones tratando con personas que él no conocía. Ciertamente, ninguno de ellos era un hombre de confianza. Conocía sus naturalezas homicidas. Y cada nuevo hombre que aparecía en su bodega sabía mucho sobre Día, donde vivía, de donde vino, sus habilidades, y que Luna trabajó con

31

él. Ellos decían esta información a él con sonrisas burlonas y ojos asesinos. Ninguno había mencionado al bebé todavía, pero como Rogelio crecía y Día lo amaba cada vez más, cada vez estaba más temeroso por el futuro del bebé. Por la noche en la cama, Luna también le susurraba sus angustias. ¡Decía que la vida de Rogelio estaba en peligro por el tipo de la vida de sus propios padres! Le dijo a Día que siempre sentía la presencia de ojos fríos e invisibles.

Rogelio había aprendido a caminar desde hacía unos nueve meses cuando las complicaciones del trabajo de Día empezaron. Él y Luna de repente tuvieron que aceptar lo inevitable, tomar decisiones rápidas de vida o muerte. Hechas sin tiempo para reflexionarlas. El final de las cosas comenzó con el robo de un coche veloz color plata.

Día estaba al punto de irse a casa una noche de enero, cuando un líder del cártel apareció con un par de sus hombres. Día había tratado con él antes, un hombre que se pavoneaba como un gallo de un lado a otro dondequiera que estuviera, por lo general menospreciando a los que estuvieran con él. Pero esta noche llegó con un sólo propósito.

-Vienes con nosotros, cabrón, tenemos trabajo esta noche -le dijo el hombre a Día-. El Gran Jefe viene de Sinaloa a Ojinaga en unos días. Tiene negocios, pero es su cumpleaños, y quiere tener una fiesta especial porque cumplirá cincuenta años. Hay un regalo en específico que quiere presumir en su fiesta. Es un automóvil hecho en los Estados Unidos, un nuevo modelo, muy difícil de conseguir. Me ha causado mucha molestia en mi estómago tratando de conseguirle uno.

Finalmente, encontré uno no demasiado lejos de aquí. Eres el hombre afortunado que lo va a tener listo para él. ¡Estarás jodido si metes la pata, cabrón! Vámonos, vamos! Trae tu equipo de herramientas.

Condujeron por carreteras casi desiertas alrededor de noventa millas a un rancho en las afueras de una pequeña comunidad llamada Alpine. En el camino, el hombre describió el "regalo" que Día iba a robar: un Corvette 1963 que tenía ventanas traseras dobles divididas por una banda metálica del techo que pasaba en el centro de la ventana. El automóvil estaría en el cobertizo trasero separado de una casa del rancho cuyo dueño era un granjero prominente del área "El Jefe quiere por sus huevos ese auto", le dijo a Día: "Es rápido. Quiere el mejor."

Justo antes de llegar al rancho, una camioneta de tamaño mediano se detuvo delante de ellos en la autopista. Avanzó unos cuantos kilómetros antes de detenerse en la oscuridad de la noche sin luna. Mientras ellos la rebasaban, el hombre le dijo a Día, "Tú arrancarás el auto y lo conducirás a este camión. Muy rápido. Es un camino recto hasta aquí. Sólo asegúrate de que nadie esté en el camino al hacer el viaje. Conduce el coche hasta dentro del camión cuando llegues, súbete en el camión con el conductor. Nosotros no estaremos lejos. Pero si algo sale mal, lo estás haciendo todo solo, chiquito. El camión llevará el coche a un lugar y lo dejará para ser pintado. Cuando esté terminado, llegará a tu taller para las modificaciones que le harás. Nosotros te lo diremos en ese momento. Pero esta noche, tú trabajas solo, ¿comprendes? Cualquier palabra de ti sobre nosotros a alguien, vamos y buscamos a tu esposa. Y no estará muy contenta de que hayas hablado, te lo prometo.

A la mención de Luna, Día sintió que se quedaba sin aliento. Fingió tranquilidad. "Entiendo" -contestó Día, pero en su interior se enfureció. Había llegado el momento de una nueva vida.

El robo fue fácil en esta comunidad rural tranquila de Texas. Día se preocupó por los perros ladrando o el tiempo requerido para entrar en el cobertizo, pero la noche era silenciosa. No había ninguna señal de perros. La puerta doble del cobertizo ni siquiera estaba cerrada. Dentro había el coche, un par de tractores, un gran generador y herramientas agrícolas. Los hombres habían bajado a Día del coche en el camino del rancho y se habían ido. Con sus herramientas, Día hábilmente desbloqueó el auto. Él observó que el Corvette tenía una transmisión manual. Desbloqueó el volante. Con su cuerpo, empujó el coche cerca de la puerta después de bajar el vidrio del asiento del conductor. Cuando encendió el auto, se sorprendió por una fuerte explosión y una llama que disparó del tubo de escape. "¡Maldita sea!" él pensó. "¡Este carburador necesita ajuste!" Le preocupaba que el sonido pudiera despertar a los dueños en la casa, pero en los segundos que siguieron, no vio ninguna señal de que alguien en la casa estuviera despierto. El motor era un bloque pequeño y relativamente tranquilo en bajas RPM, pero Día temía que hubiera más explosiones del mofle en la noche fría y silenciosa.

Cuando llegó a la carretera, encendió el motor y metió el cambio, y la parte delantera del coche se levantó ligeramente por un momento. Había bajado el vidrio de la ventana. El viento que golpeaba y soplaba en su cara y la aceleración gruñona del motor causó que su corazón latiera. ¡Él nunca había experimentado tal velocidad! Fue ese momento en que se dio cuenta que había llegado el momento para la libertad de su familia. Prestaría especial atención a las oportunidades que se presentarían durante los próximos días.

Cubrió los dos kilómetros hasta el camión en un abrir y cerrar de ojos. Cuando frenó, los frenos no eran los adecuados para la velocidad del Corvette. Vio que el coche tenía frenos de tambor. Él había estudiado los nuevos frenos de disco en un par de los coches que habían llevado para sus modificaciones en su taller. Anotó mentalmente que estos deberían ser instalados en el Corvette. El camión se había dado la vuelta y tenía sus puertas traseras abiertas con rampas abajo para la entrada. Día apenas logró detener el coche a tiempo a causa de los frenos, pero lo hizo, y luego llevó el Corvette hasta la rampa y al camión.

En los tres días que pasaron antes de que él volviera a ver el coche, Día recordó algo importante: El coche era color plata. El sistema de identificación de numeración del vehículo Chevrolet Corvette incluía un número para indicar el color del coche. Si el vehículo era repintado, un nuevo número del vehículo tendría que reflejar el nuevo color.

Cuando el hombre que lo había llevado a su misión reapareció con el coche tres noches más tarde en su taller, la sorpresa no era que el coche era de color rojo brillante. La sorpresa fue el proyecto especial que el hombre tenía para él: tenía una caja de dinero en efectivo, billetes de los EE.UU., que quería ocultarlos dentro del revestimiento del interior del techo del automóvil. Día iba a pegar con cinta los billetes de mayor denominación al metal del techo y luego volver a instalar el revestimiento para que nadie pudiera decir que alguna vez había sido removido. Día se dio cuenta que el coche no era sólo un regalo de cumpleaños para el líder del Cártel de Sinaloa, sino que también serviría para transportarle dinero en efectivo por ventas de drogas que habían hecho en los Estados Unidos. El Jefe tendría dos motivos para presumir: uno por el coche y el otro por el dinero en efectivo dentro de él.

Después de robar el Corvette, Día preparó a Luna porque pudiera acercarse una oportunidad de huir repentinamente. En la cama, susurraron bajo, como si el bebé pudiera entender qué estaban discutiendo o los escuchara. Luna sorprendió a Día con un terrible temor por Rogelio:

"¡Por Dios, Día, si huimos, no podremos llevar al bebé, ¡cualquier cosa puede suceder!". "¡Nos pueden matar!, ¡estaremos huyendo para siempre!, ¡no podremos llevar a nuestro bebé por todo México!, ¡eso no será la vida para nuestro hijo!"

"Tampoco podemos quedarnos aquí para siempre, Luna" - contestó Día. "Un día me atrapará la policía gringa o el cártel y nos matarán, o seremos deportados y luego buscados en México por el cártel". "¡Tenemos que hacer una nueva vida, con nuevas identidades!"

"No arriesgaré la vida de Rogelio por transportar este coche", dijo Luna seriamente refiriéndose al Corvette. "¡Si tengo que ir contigo, tenemos que volver!"

La discusión continuó durante toda la noche. Finalmente, Día consiguió que Luna aceptara un plan que él no creía que nunca llegaría a pasar: que encontrarían un escondite en México, y cuando el tiempo pasara, volverían por Rogelio. Luna parecía estar de acuerdo con esto, pero Día creía que ella tampoco pensaba que pudieran regresar.

La noche siguiente, Luna sorprendió a Día con la noticia de que le había dicho a la mujer del rancho que ella haría el viaje con él.

Luna dijo: "Empecé a decirle que volveríamos, pero ella me interrumpió. Sabía que estábamos haciendo cosas malas. Ella me dijo que no me preocupara por Rogelio, que ella lo amaría como si fuera su propio nieto, y a mí como si fuera su hija. Si algo nos pasara alguna vez, ella y su marido criarían a Rogelio como si fuera propio".

La noche del transporte del Corvette a México, Día y Luna iban tensos en sus asientos mientras se acercaban a la frontera. Con tanto dinero en efectivo bajo el techo del coche, y además siendo el coche un regalo de cumpleaños especial para el jefe del cártel, había escoltas para los jóvenes Rarámuri: una camioneta "pick-up, heavy-duty" cruzó delante de ellos, y un Ford Galaxy lleno de jóvenes mexicanos condujeron detrás de ellos.

"No debería haber ningún problema en pasar el río a México", explicó Día por enésima vez a Luna. "Se han asegurado de que los agentes fronterizos que vigilan los automóviles, esta noche son hombres en su nómina". Pero estaba nervioso.

Luna se sentó en silencio, mirando por la ventana del pasajero.

"Así que, cuando sea hora de que salgamos del auto del otro lado, cuando todo el mundo esté haciendo un gran alboroto por el coche del jefe, es cuando haremos lo que siempre hacemos".

Luna no dijo nada, así que Día añadió: "Corremos, corremos en la noche, y tú te vienes conmigo. Ellos no nos notarán, ni se preocuparán por nosotros al principio. Sólo estarán interesados por el coche".

La inspección en la garita de Estados Unidos fue, de hecho, facil. El joven oficial que revisó sus papeles ni siquiera los miró directamente a los ojos. Día lo había visto trabajando antes. La camioneta pick-up estaba adelante en el puente sobre el río. En el espejo retrovisor, Día vio que el Ford Galaxy que estaba detrás de ellos, también pasó rápidamente, como si hubiera lo hubieran apresurado. Día no esperaba que hubiera personas del lado mexicano deteniendo los vehículos que circulaban por el carril: "Nada por declarar". Rara vez estaban. A veces, un vehículo del ejército mexicano estaba estacionado en la oscuridad con los soldados observando y ocasionalmente detenían un automóvil para verificar al conductor, pero esto no sucedía a menudo. Una vez pasando el puente, conducirían a través de la pequeña ciudad dormida en su ruta hacia la ciudad de Chihuahua, pero pronto se desviarían hacia una carretera rural que los llevaría al lugar donde El Jefe se alojaba.

¡Fue precisamente en ese turno donde algunos jeeps y camiones del Ejército Mexicano bloquearon la desviación! Día se sorprendió repentinamente por los sonidos de los disparos delante de él, e instintivamente pisó el pedal del freno. Luna se enderezó en su asiento y ambos miraron hacia el frente, tratando de entender lo que estaban viendo.

"¡Creo que los hombres de la camioneta están disparando contra el Ejército Mexicano!" gritó Día. Echó un vistazo en el espejo retrovisor y vio que el Ford Galaxy estaba acelerando hacia ellos para incorporarse rápidamente a la acción. Cuando volvió la mirada de nuevo hacia el frente, vio a la camioneta moverse hacia atrás y luego se detuvo. Su cuerpo estaba tenso debido a que sabía que tendría que tomar una decisión en una fracción de segundo. De repente, la camioneta comenzó a acelerar y girar las llantas velozmente y se lanzó hacia adelante, acelerando directamente hacia los dos Jeeps en el lado izquierdo de la carretera. Día miró otra vez el espejo retrovisor. El Ford Galaxy se acercaba cada vez más. Cuando volvió a mirar hacia delante, para su asombro, la camioneta chocó de frente a ambos jeeps, y los tres vehículos volaron volcándose, dejando una abertura en el camino.

Mientras Luna gritaba, Día la cubrió. Aceleró el motor del Corvette, cambió a segunda velocidad, escuchó un rugido, cambió a tercera velocidad, y pasó a través de la abertura en la carretera, mientras los soldados se apresuraban tratando de dispararle a él y al Ford Galaxy detrás de ellos.

¡Pero Día pasó! Un disparo entró por la ventanilla del lado del pasajero, y Luna gritó y llevó sus manos al lado derecho de su cabeza. Sucedió rápido, pero, al mismo tiempo, Día vio sus movimientos como si estuviera en cámara lenta. Su mente captó las cosas a súper-velocidad, parecía como si estuviera viendo a Luna y al espejo retrovisor al mismo tiempo. Allí vio que el Ford Galaxy se había detenido y que los soldados corrían hacia él, disparando sus rifles velozmente.

"Luna, Luna, ¿estás bien?" gritó Día, sintiéndose presa del pánico de que estaba mal herida. Pero sus pies y manos aceleraron al Corvette en la noche de Chihuahua. El coche hizo una fuerte explosión y una llama naranja salió del escape y luego se extinguió. En un instante, estaban en la oscuridad del campo mexicano.

Al principio no parecía una lesión grave en su cabeza, pero Luna nunca volvió a ser la misma. Al paso de los meses y años, se hizo más tranquila. Sus ojos se quedaban mirando a Día mientras preparaba sus comidas o la ayudaba a vestirse por las mañanas. Ella se sentaba en silencio cerca mientras él trabajaba. De vez en cuando, ella estaba alegre, porque, de repente, ella decía: "¡Gracias!" o "¡Te amo!" Una vez ella Dijo: "¡Mira el cielo!" Pero luego su tos empeoró al paso de los meses. Entonces dejó de hablar completamente.

Se mudaron mucho. Día tenía un amigo de confianza que mantuvo su Corvette almacenado. Varias veces, Día iba a visitarlo y llevaba a Luna con él. La paseaba en las noches, mismas que ella parecía amar. Nunca quitó el revestimiento del techo o le dijo a nadie sobre el dinero pegado al techo metálico del auto. Recordó que nunca había cambiado el número de vehículo porque sabía que no habría inspección en la frontera. Así que un conocedor que observara la etiqueta del vehículo colocada en el parabrisas del lado del conductor, sabría que originalmente el Corvette era color plata.

Le dijo a Luna: "Llevaremos este auto a Rogelio cuando esté más grande, será nuestro regalo para él. O tal vez un día él buscará a su pueblo, y él vendrá a Chihuahua y nos encontrará. "

La tos de Luna comenzó a producir sangre. Con la ayuda de su amigo, Día la llevó al hospital en la ciudad, Chihuahua. El médico la admitió en el hospital y murió un par de semanas más tarde. Era 1968, y ella sólo tenía veintiocho años.

Día estuvo semanas en los cañones, pero finalmente encontró a su hermano viviendo todavía entre los Rarámuri. Su corazón adolorido sufría todavía por la pérdida de Luna tanto que pasaba días en las montañas y cañones y no tenía ni el deseo de caminar y buscar a su hermano o a su familia. No lo encontró hasta el invierno, cuando muchos habitantes de su pueblo emigraron a los fondos más cálidos dentro del cañón. El hermano estaba casado y tenía dos hijos pequeños.

Día no quería que su familia supiera mucho sobre la vida que él y Luna habían llevado. Su corazón quería que el recuerdo de Luna fuera lo que era antes de abandonar las montañas con él: feliz, joven, hermosa... y una verdadera corredora. En los pocos años que Día pasó con la familia de su hermano, dijo que él y Luna habían sido deportados repentinamente. Que habían dejado a Rogelio con los rancheros en Texas para protegerlo, informó Día, y habían trabajado juntos en diferentes ciudades para evitar represalias de los cárteles. No les contó lo callada que se volvió Luna, que había sido herida, y que ella lo había seguido en cada movimiento con sus ojos confiados. No dijo que había robado el único legado que podría dejar a su hijo: el coche y el dinero. Se debatía consigo mismo para decirle a su hermano que los cárteles podrían buscar el coche porque tenía mucho dinero dentro. Día iba a explicar esto, finalmente, a su hermano, pero antes de que pudiera hacerlo, murió en un accidente en las montañas. La tierra que había alimentado su espíritu desde niño lo traicionó: un punto rocoso en un acantilado se derrumbó, haciendo que Día se deslizara y cayera muriendo. Después de que Día murió, el hermano inspeccionó la caja que Día había traído consigo cuando regresó a las montañas. Dentro estaban las llaves del Corvette, un par de fotografías Polaroid de Día y Luna en Texas, una foto del número de identificación del coche Corvette, un papel con la información de contacto del hombre que guarda el coche, y algunas otras cosas al azar: un silbato, algunas monedas, un rosario... cosas que en resumen no explicarían los años lejos de casa. El hermano tuvo una mejor idea de una historia que Día le había contado en una ocasión:

"Dejé este coche, un coche loco que escupe fuego a veces. Lo usé para salir con Luna en la noche, y corríamos por el campo oscuro hasta que el coche disparaba una llama y generaba una gran luz detrás de nosotros y un ruido. Esos eran tiempos en los que una sonrisa aparecía en la cara de Luna. Me encantaba ver su sonrisa. Antes de que saliéramos de Estados Unidos, le dije que tendríamos un Apellido, como es costumbre de los gringos, en honor a nuestro coche, y diríamos que éramos Fuego de Noche, que en inglés significa 'Nightfire'. Una noche en México, cuando nuestro coche escupió fuego, le recordé nuestro apellido Gringo. Ella me miró y sonrió de una manera que nunca olvidaré. En ese momento, una estrella fugaz iluminó la noche, y Luna me dijo, "¡Mira el cielo!".

Y luego Día se quebró en sollozos, y su hermano se sentó y lo abrazó.

Recordando esta historia unos días después de que Día murió, el hermano dijo a su esposa y a sus hijos: "Quiero que recordemos a mi hermano y a Luna en nuestros corazones por siempre. Eran grandes corredores. Sus nombres significaban 'Día' y 'Luna'. Sus nombres honraban a los creadores de los Rarámuri. Tenían el espíritu del fuego de la noche. Se llamaron a sí mismos con este nombre en español. Tenemos nombres Rarámuri, pero vamos a recordar a mi hermano y a mi cuñada mediante el uso de este nombre en español.

Cuando los chabochi pregunten nuestros nombres completos, les decimos que nuestra familia es "Fuego de Noche." Estamos orgullosos de ser esta familia".

El hermano era viejo y su esposa había muerto hacía mucho tiempo cuando un joven apareció en el cañón con una mujer y un guía Rarámuri. El hermano estaba casi ciego, pero cuando estuvo cerca y observó al joven y recorrió los ojos y la cara con sus dedos, pudo ver que el hombre se parecía mucho a Día justo antes de morir. Siempre había esperado que el hijo de Día encontrara el camino hacia él, pero éste no era su hijo. Esto sólo podría ser un milagro del creador: el joven que tenía delante era el nieto de Día.

¡Y él dijo que su nombre era Corvette Nightfire!

El hermano se levantó. Tenía una caja para entregarle al dicho Corvette. Comprendió que el propósito final de Día ahora reside en el destino de las generaciones futuras. Día, Luna y Rogelio había pasado, y ahora Corvette conduciría un nuevo camino.

Fin.